Quelques types de caractère dégagés par la psychanalyse

Sigmund Freud

...

Les traductrices se sont servies des textes contenus dans le Xe volume des Gesammelte Schriften (Oeuvres complètes) de Sigmund Freud, paru en 19211 à l' « Internationaler Psychoanalytischer Verlag », Leipzig, Vienne, Zurich.

Quelques types de caractère dégagés par la psychanalyse

[Paru d'abord dans imago, (IV 1915-1916), ensuite dans la quatrième série de la Sammlung kleiner Schriften zur Neurosenlehre.]

Quand un médecin entreprend le traitement psychanalytique d'un névrosé, son intérêt ne se porte nullement en première ligne sur le caractère de celui-ci. Il préférerait savoir ce que signifient les symptômes de ce névrosé, quelles pulsions instinctives se dissimulent derrière ceux-ci et se satisfont grâce à eux, et par quelles étapes a passé la voie mystérieuse allant de ces désirs instinctifs à ces symptômes. Mais la technique que le médecin est obligé de suivre le force bientôt à orienter avant tout son besoin de savoir vers d'autres objets. Il voit son investigation menacée par des résistances que le malade oppose et c'est au caractère du malade qu'il doit attribuer ces résistances. Ce caractère acquiert alors le premier droit à son intérêt.

Ce qui s'oppose aux efforts du médecin, ce ne sont pas toujours les traits de caractère que le malade se reconnaît à lui-même ou qui lui sont attribués par son entourage. Souvent certaines manières d'être du malade, dont il ne semblait que modérément pourvu, se manifestent, élevées à une puissance insoupçonnée, ou bien il adopte des attitudes qui ne s'étaient pas révélées dans d'autres circonstances de sa vie. Dans les pages qui vont suivre, nous allons tenter de décrire et de rapporter à leur origine quelques-uns de ces traits de caractère surprenants.

I - Les exceptions

Le travail psychanalytique se trouve toujours à nouveau confronté par cette tâche : amener le malade à renoncer à une jouissance proche et immédiate. Ce n'est pas qu'il doive renoncer à toute jouissance ; on ne peut le demander peut-être à personne, et la religion elle-même, quand elle exige l'abandon de la jouissance terrestre, est obligée de fonder cette exigence sur la promesse d'une jouissance incomparablement plus grande et plus précieuse dans l'au-delà. Non, le malade doit simplement renoncer à ces satisfactions auxquelles un dommage succéderait infailliblement, ses privations n'ont besoin que d'être temporaires et il lui suffit d'apprendre à échanger un plaisir immédiat contre un plaisir mieux assuré, bien que différé. Ou bien, en d'autres termes, il faut qu'il fasse, sous la direction médicale, ce progrès allant du principe du plaisir au principe de la réalité par lequel l'homme adulte se distingue de l'enfant. Dans cette oeuvre d'éducation, c'est à peine si le savoir supérieur du médecin joue un rôle décisif, car il ne peut, en général, dire au malade autre chose que ce que peut lui dire sa propre intelligence. Mais ce n'est pas la même chose de savoir quelque chose ou de se l'entendre dire par un autre ; le médecin assume le rôle efficace de cet autre ; il se sert de cette influence qu'un homme exerce sur un autre homme. Ou bien, si nous nous rappelons qu'il est d'usage dans la psychanalyse de mettre ce qui est primordial et radical à la place de ce qui est dérivé et atténué, nous dirons que le médecin se sert dans ce travail d'éducation d'une composante quelconque de l'amour. En faisant cette nouvelle éducation, il ne fait sans doute que répéter le processus qui a, somme toute, permis l'éducation première. En plus de la nécessité, c'est l'amour qui est le grand éducateur, et l'homme dont l'évolution est demeurée incomplète se laissera amener, par l'amour de son prochain, à tenir compte des lois de la nécessité et à s'épargner les châtiments qui suivent leur violation.

Lorsqu'on exige ainsi des malades un renoncement provisoire à une satisfaction, un sacrifice, une acceptation de souffrances momentanées en vue d'une fin meilleure, ou bien simplement la résolution de se soumettre à la nécessité imposée à tous, on se heurte à certaines personnes qui combattent au moyen d'une motivation particulière une pareille prétention. Elles disent qu'elles ont suffisamment souffert et éprouvé de privations pour avoir le droit d'être dispensées de nouvelles exigences, qu'elles ne veulent plus se soumettre à aucune nécessité déplaisante, car elles sont des exceptions et comptent bien le demeurer. Chez un malade de ce genre, cette prétention était allée jusqu'à lui faire formellement croire qu'une providence spéciale veillait sur lui afin de le préserver de tous les pénibles sacrifices de ce genre. Les arguments du médecin ne peuvent rien sur des assurances intérieures manifestées avec une telle force, et il perd bientôt toute influence sur son malade ; il se trouve alors amené à rechercher les sources qui alimentent ce fâcheux préjugé.

Or, on ne saurait douter que chacun n'aimât se croire une « exception » et prétendre à des privilèges sur autrui. Mais c'est justement pourquoi, quand quelqu'un se proclame et se comporte réellement comme une exception, il doit y avoir à cette prétention une raison particulière et qui ne se rencontre pas en général. Il peut exister plus d'une de ces raisons, mais, dans les cas étudiés par moi, je suis parvenu à constater une particularité commune à tous ces malades et qui était en rapport avec les événements précoces de leur vie. Leur névrose se rattachait à un événement ou à une souffrance qui les avait atteints dans leur première enfance, desquels ils se savaient innocents, et qu'ils pouvaient considérer comme un préjudice injuste porté à leur personne.

Les privilèges qu'ils faisaient découler de cette injustice et l'insubordination qui en résultait n'avaient pas peu contribué à rendre plus aigus les conflits qui avaient amené plus tard l'éclosion de la névrose. L'une de ces malades prit envers la vie l'attitude décrite plus haut en apprenant qu'un mal organique des plus douloureux, qui l'avait empêchée d'accomplir sa vie, était d'origine congénitale. Elle avait supporté avec patience ce mal aussi longtemps qu'elle avait cru qu'il provenait d'un hasard ultérieur, mais dès qu'elle eut découvert qu'il constituait une part de son héritage, elle se révolta. Le jeune homme dont nous avons déjà parlé et qui se croyait sous la garde d'une providence particulière avait été, nourrisson, victime d'une infection accidentelle par sa nourrice. Depuis il avait, sa vie durant, vécu sur ses prétentions à des dédommagements comme sur une rente qui lui était due en échange, et sans soupçonner l'origine de ses prétentions. Dans le cas de ce malade, l'analyse, qui avait reconstruit ce fait au moyen d'obscurs reliquats de souvenir et par l'interprétation des symptômes, se trouva objectivement confirmée par les témoignages de la famille.

Pour des raisons faciles à comprendre, je n'en puis dire davantage sur ces histoires de malades ainsi que sur d'autres. Je ne veux pas non plus traiter de la si naturelle analogie entre la déformation du caractère survenant à la suite de longues années infantiles de maladie et le comportement de peuples entiers chargés d'un passé lourd de malheurs. Par contre, je ne m'interdirai pas d'en appeler à cette figure, créée par le plus grand des poètes, et dans le caractère de laquelle la prétention d'être une exception est intimement liée à un désavantage congénital et motivée par celui-ci.

Dans le monologue qui sert d'introduction au Richard III de Shakespeare, Glocester, le futur roi, déclare :

« Mais moi qui ne suis pas formé pour ces jeux folâtres, ni pour faire les yeux doux à un miroir amoureux, moi qui suis rudement taillé et qui n'ai pas la majesté de l'amour pour me pavaner devant une nymphe aux coquettes allures, moi en qui est tronquée toute noble proportion, moi que la nature décevante a frustré de ses attraits, moi qu'elle a envoyé avant le temps dans le monde des vivants, difforme, inachevé, tout au plus à moitié fini, tellement estropié et contrefait que les chiens aboient quand je m'arrête près d'eux ! eh bien, moi, dans cette molle et languissante époque de paix, je n'ai d'autre plaisir, pour passer les heures, que d'épier mon ombre au soleil et de décrire ma propre difformité. Aussi, puisque je ne puis être l'amant qui charmera ces temps beaux parleurs, je suis déterminé à être un scélérat et à être le trouble-fête de ces jours frivoles [Traduction française de François Victor-Hugo. (N. D. T.)]. »

Peut-être, dans la première impression que nous fera ce discours-programme, ne trouverons-nous rien qui soit en rapport avec notre thème. Richard ne semble pas dire autre chose que ceci : Je m'ennuie en ce temps de désœuvrement et je veux m'amuser. Mais comme le ne puis pas, étant contrefait, jouer à l'amant, je vais jouer au scélérat, intriguer, assassiner, bref, faire tout ce qui me plaira. Une argumentation aussi frivole étoufferait chez le spectateur tout mouvement de sympathie si ne se dissimulait, pas là-dessous quelque chose de plus sérieux. Et la pièce serait du même coup rendue psychologiquement impossible, car il faut que le poète sache éveiller en nous une secrète sympathie pour son héros, afin que nous puissions admirer sans protestation intérieure et sa hardiesse et son habileté ; or cette sympathie ne peut se fonder que sur la compréhension du héros, sur le sentiment d'avoir au fond quelque chose de commun avec lui.

C'est pourquoi je pense que le monologue de Richard De dit pas tout ; il effleure et nous laisse le soin de compléter ce qu'il ne fait qu'indiquer. Et lorsque nous entreprenons de le compléter, toute apparence de frivolité disparaît ; l'amertume, la façon détaillée avec laquelle Richard dépeint sa difformité acquièrent toute leur importance et pour nous se dévoile ce qu'il y a de commun entre Richard et nous et qui force notre sympathie pour ce scélérat lui-même. Il semble nous dire alors : La nature m'a fait une grande injustice en me refusant les belles formes qui gagnent l'amour des humains. La vie me doit en échange une compensation que je vais m'octroyer. J'ai le droit d'être une exception et de passer par-dessus les scrupules qui arrêtent les autres gens. Je puis commettre des injustices parce qu'une injustice a été commise à mon égard - et, à ce moment, nous sentons que nous-mêmes pourrions devenir pareils à Richard, que déjà même nous le sommes sur une petite échelle. Richard est un agrandissement immense de ce côté de nous-mêmes que nous sentons aussi en nous. Nous croyons tous être en droit de garder rancune à la nature et au destin en raison de préjudices congénitaux et infantiles, nous réclamons tous des compensations à de précoces mortifications de notre narcissisme, de notre amour-propre. Pourquoi la nature ne nous a-t-elle pas octroyé les boucles blondes de Balder, la force de Siegfried, le front élevé du génie, les nobles traits de l'aristocrate ? Pourquoi sommes-nous nés dans la chambre du bourgeois et non dans le palais du roi ? Nous serions aussi bien parvenus à la beauté et à la distinction que tous ceux que nous envions à cet égard.

Cependant il y a une subtile économie inhérente à l'art du poète et qui empêche que son héros n'exprime tout haut et intégralement tous les secrets sur lesquels sont fondés ses mobiles d'action.

Il nous force par-là à les compléter, il tient occupée notre activité mentale, la détourne de la réflexion critique et nous maintient dans notre identification avec son héros. Un maladroit, à sa place, donnerait à tout ce qu'il veut nous communiquer une expression consciente et se trouverait alors face à face avec notre intelligence froide et libre ce qui nous rendrait toute illusion impossible.

Mais nous ne quitterons pas le chapitre des « exceptions » sans observer que la prétention qu'ont les femmes aux privilèges et à être dispensées de tant d'obligations de la vie repose sur cette même base. D'après ce que nous apprend l'expérience psychanalytique, les femmes se considèrent comme ayant subi un grave dommage dans leur petite enfance sans qu'il y ait à cela de leur faute, comme ayant été en partie mutilées et désavantagées. La raison pour laquelle tant de filles en veulent à leur mère a pour racine ultime ce reproche que celle-ci les ait fait naître femmes au lieu de les faire naître hommes.

II - Ceux qui échouent devant le succès

L'investigation psychanalytique nous l'a appris les hommes deviennent névrosés par suite de privation. Il est entendu qu'il s'agit de privation relative à la satisfaction de désirs libidinaux et il nous faut faire un long détour afin de comprendre cette proposition. Car, pour que la névrose vienne à éclore, il est nécessaire qu'il se produise un conflit entre les désirs libidinaux d'un individu et cette partie de son être que nous appelons son moi, qui est l'expression de ses instincts de conservation et comprend l'idéal qu'il s'est assigné à lui-même. Un tel conflit pathogène ne peut se produire que lorsque la libido vient à s'engager dans des voies et à s'orienter vers des fins que le moi a depuis longtemps dépassées et proscrites, qu'il a, par suite, interdites à jamais, et la libido ne s'engage dans ces voies que lorsqu'elle est privée de toute satisfaction conforme au mot et à son idéal. Ainsi la privation, le manque de réelle satisfaction est la condition première de l'éclosion de la névrose bien que n'étant certes pas la seule.

Le médecin n'en sera que plus surpris, voire désorienté, en constatant que certaines personnes tombent parfois malades justement alors qu'un désir profondément enraciné en elles et qu'elles nourrissaient depuis longtemps vient à se réaliser. Il semblerait alors que ces personnes soient incapables de supporter leur bonheur, car on ne peut douter de la corrélation existant entre le succès et la maladie. C'est ainsi que j'eus l'occasion de me familiariser avec le destin d'une femme, destin que je vais décrire parce qu'il constitue un modèle de semblables revirements tragiques.

De bonne famille et bien élevée, elle ne sut pas, encore très jeune fille, mettre un frein à son avidité de vivre et s'enfuit de la maison paternelle ; elle se mit à courir le monde et les aventures jusqu'au jour où elle eut fait la connaissance d'un artiste qui sut reconnaître et apprécier son charme féminin, mais qui comprit en même temps la nature, au fond délicate, de cette femme par ailleurs déconsidérée. Il la prit chez lui et elle devint pour lui une fidèle compagne au bonheur de laquelle ne semblait manquer que la légitimation de leur union. Après de longues années de vie commune, il réussit à obtenir que sa famille la prît en amitié et il était sur le point de l'épouser.

A ce moment, elle commença à fléchir. Elle négligea tous les soins de la maison dont elle allait devenir la maîtresse, se regarda comme persécutée par la famille qui voulait l'accueillir, écarta par une absurde jalousie cet homme de toutes ses relations, l'entrava dans ses travaux artistiques, et tombe finalement dans un état de maladie mentale inguérissable.

Autre observation : elle concerne un homme d'une très grande honorabilité, lequel, lui-même professeur de l'enseignement supérieur, avait, pendant de nombreuses années, nourri l'espoir bien compréhensible de devenir le successeur du maître qui l'avait lui-même initié à la science. Lorsque, à la retraite de celui-ci, ses collègues lui annoncèrent qu'on l'avait choisi pour lui succéder, il commença à prendre peur, diminua lui-même ses mérites, se déclara indigne de remplir la situation qu'on lui offrait et tomba dans un état de mélancolie qui l'écarta pour plusieurs années de toute activité.

Si différents que soient par ailleurs ces deux cas, ils ont néanmoins ceci de commun que la maladie apparaît dès que le désir se réalise et qu'elle réduit à néant la jouissance qui eût dû résulter de cette réalisation.

La contradiction existant entre de pareilles observations et la proposition d'après laquelle l'homme tombe malade par suite de privation n'est pas insoluble.

Il suffit de distinguer d'une privation extérieure et une privation intérieure pour pouvoir la lever. L'objet par lequel la libido peut se satisfaire est-il supprimé dans la réalité, il y a privation extérieure. Cette sorte de privation est par elle-même inefficace, elle ne devient pathogène que du moment où une privation intérieure vient s'y associer. La privation intérieure doit provenir du moi et contester à la libido le droit de s'orienter vers les autres objets dont elle cherche à présent à s'emparer. Alors seulement peut se produire une névrose, c'est-à-dire une satisfaction substitutive par le détour passant à travers l'inconscient refoulé. La privation intérieure entre donc toujours en ligne de compte, mais elle n'entre pas en action avant que la privation réelle extérieure lui ait préparé le terrain.

Dans ces cas exceptionnels où les hommes tombent malades devant le succès, la privation intérieure a agi seule ; elle n'a même pu se manifester qu'après que la privation extérieure a fait place à la réalisation du désir. A première vue, il y a là quelque chose de surprenant, mais nous nous souviendrons, en y regardant de plus près, qu'il arrive souvent que le moi tolère un désir comme étant inoffensif aussi longtemps que ce désir n'existe qu'à l'état de fantasme et semble éloigné de toute réalisation, tandis que ce même moi se met vivement en garde dès que ce désir approche de sa réalisation et menace de se muer en une réalité. La différence existant entre ces cas et ceux, bien connus, où se forme en général une névrose ne réside qu'en ceci : d'ordinaire, une exaltation interne des investissements libidinaux fait du fantasme, jusqu'alors dédaigné et toléré, un adversaire redouté, tandis que, dans nos cas, le signal de déclenchement du conflit est donné par un réel changement extérieur.

L'analyse nous montre sans peine que ce sont des forces émanées de la conscience morale qui interdisent au sujet de tirer de l'heureux changement réel le bénéfice depuis longtemps souhaité. Mais c'est une tâche ardue de rechercher quelles sont la nature et l'origine de ces tendances justicières et punitives surgissant souvent, à notre grande surprise, là où nous nous attendrions le moins à les trouver. Ce que nous en savons ou en supposons, c'est pour des raisons bien connues que je n'en veux pas discuter sur des observations médicales ; je choisirai plutôt pour cela des figures créées par les grands poètes, ces connaisseurs profonds de l'âme humaine.

Lady Macbeth, dans Shakespeare, s'effondre après avoir atteint le but qu'elle avait poursuivi avec une énergie sans relâche. Elle n'avait manifesté avant le crime aucune hésitation ni aucun signe de lutte intérieure, elle n'aspirait qu'à vaincre les scrupules de son mari ambitieux et cependant plus compatissant. A son projet de meurtre, elle était prête à sacrifier jusqu'à sa féminité sans réfléchir au rôle décisif qui allait échoir à cette féminité, alors qu'il s'agirait d'établir sur des bases solides ce que son ambition aurait atteint par le crime.

« Venez, venez, esprits qui assistez les pensées meurtrières. Désexez-moi ici... Venez à mes mamelles de femme et changez mon lait en fiel, vous, ministres du meurtre. » (Acte I, scène V.)

« J'ai allaité et je sais combien j'aime tendrement le petit qui me tète ; eh bien ! au moment où il souriait à ma face, j'aurais arraché le bout de mon sein de ses gencives sans os, et je lui aurais fait jaillir la cervelle, si je l'avais juré comme vous avez juré ceci ! » (Acte I, scène VII [Traduction François Victor Hugo. Nous n'avons cependant pas suivi la numération continue des scènes de Macbeth adoptée par cette traduction, mais gardé la division habituelle dés scènes par actes qui est aussi celle des citations dans Freud. (N. D. T.)].)

Elle ne manifeste qu'un seul et léger recul avant l'action.

« S'il n'avait pas ressemblé dans son sommeil à mon père, j'aurais fait la chose... » (Acte II, scène II.)

Et à présent que la voici reine de par le meurtre de Duncan, vient à poindre quelque chose comme une désillusion, comme un dégoût. D'où cela provient-il, nous ne le savons pas.

« On a dépensé tout pour ne rien avoir quand on a obtenu son désir sans satisfaction. Mieux vaut être celui qu'on détruit que de vivre par sa destruction dans une joie pleine de doute. » (Acte III, scène II.)

Elle ne perd cependant pas contenance. Elle seule, dans la scène du banquet qui succède à ces paroles, reste de sang-froid ; elle dissimule le trouble de son mari et trouve un prétexte pour congédier les hôtes. Et alors elle nous échappe. Nous la voyons reparaître en somnambule, fixée aux impressions de la nuit du crime. Elle y encourage son mari comme alors :

« Fi, monseigneur, fil un soldat, avoir peur !... A quoi bon redouter qu'on le sache, quand nul ne pourra demander compte à notre autorité ?... » (Acte V, scène i.)

Elle entend les coups frappés à la porte, les coups qui, après le meurtre, avaient effrayé son mari. En même temps elle s'efforce de « défaire ce qui ayant été fait ne peut plus être défait. » Elle lave ses mains tachées de sang et qui sentent le sang et elle se rend compte de l'inanité de cet effort. Le remords semble avoir abattu celle qui semblait inaccessible au remords. Quand elle meurt, Macbeth, alors devenu aussi implacable qu'elle l'était au début, ne trouve pour elle que ce court et méprisant propos :

« Elle aurait dû mourir plus tard.

Le moment serait toujours venu de dire ce mot-là. »
(Acte V, scène v.)

Et on se demande alors ce qui a brisé ce caractère qui
semblait forgé du métal le plus dur. Est-ce simplement
la désillusion, l'autre visage qu'a l'action une fois
accomplie ? Ou bien devrons-nous conclure que, chez
Lady Macbeth elle-même, une âme féminine
primitivement douce et tendre s'était élevée à une
concentration, à une tension qui ne pouvait se
maintenir ? Ou bien nous faut-il plutôt rechercher des
indices qui nous feraient saisir un tel effondrement,
d'un point de vue humain plus général, par une
motivation plus profonde ?

Je considère qu'il est impossible de se décider ici dans
un sens ou dans l'autre. Le Macbeth de Shakespeare
est une pièce de circonstance composée à l'occasion
de l'avènement au trône de Jacques, jusque-là roi
d'Écosse. Le sujet en était donné et il avait été traité
simultanément par d'autres auteurs, dont
Shakespeare avait probablement utilisé, suivant son
habitude, le travail. Il permettait d'extraordinaires
allusions àla situation actuelle. La « reine-vierge »,
Élisabeth, sur laquelle courait le bruit que jamais elle
n'eût pu être en état de mettre un enfant au monde, et
qui s'était douloureusement écriée, en apprenant la
nouvelle de la naissance de Jacques, qu'elle-même
était « un tronc desséché », venait justement d'être
contrainte, parce que sans enfant,de laisser le roi
d'Écosse devenir son successeur. Mais celui-là était le
fils même de cette Marie dont elle avait ordonné, bien
qu'à contre-cœur, le supplice et qui, malgré tout le
trouble apporté à leurs relations par la politique, n'en
devait pas moins être considérée comme sa parente
par le sang et son hôte.

L'avènement au trône de Jacques 1er semblait être une démonstration des malédictions qui pèsent sur la stérilité et des bénédictions qui s'attachent aux générations ininterrompues.

Et les développements du Macbeth de Shakespeare reposent sur ce même contraste. Les sœurs fatales du Destin ont annoncé à Macbeth qu'il serait roi, mais à Banquo que ses enfants recevraient la couronne. Macbeth se révolte contre cette sentence du Destin, il ne se contente pas de la satisfaction de son ambition personnelle, il voudrait fonder une dynastie et n'avoir pas tué au profit des étrangers. Ce point de vue échappe à qui ne veut voir dans la pièce de Shakespeare que la tragédie de l'ambition. Il est évident que Macbeth, qui ne peut pas vivre éternellement, n'a qu'un moyen d'annuler la partie de la prophétie qui lui déplaît, c'est d'avoir lui-même des enfants qui lui succéderaient. Il semble du reste en attendre de sa puissante femme :

« Ne mets au monde que des enfants mâles ! Car ta nature intrépide ne doit former que des hommes !... » (Acte I, scène VII.)

Et il est tout aussi évident que, lorsque Macbeth se voit déçu dans cette attente, il devrait se soumettre au Destin, ou bien ses actes ne seront plus orientés vers aucun but et se transformeront en la rage aveugle de qui est condamné à la ruine et veut auparavant détruire tout ce qu'il peut atteindre. Nous voyons Macbeth subir cette dernière évolution et, au point culminant de la tragédie, retentit ce cri émouvant souvent déjà cité comme comportant plusieurs sens possibles, l'exclamation de Macduff.

Voyez, Macbeth (acte III, scène I) :

« Elles m'ont placé sur la tète une couronne infructueuse et mis au poing un spectre stérile, que doit m'arracher une main étrangère, puisque nul fils ne doit me succéder. »

« Il n'y a pas d'enfants ! » (Acte IV, scène III.)

Ce qui veut certainement dire :

Ce n'est que parce que lui-même n'a pas d'enfants qu'il a pu assassiner les miens, mais cela peut impliquer autre chose encore et mettre à nu le motif qui, d'une part, pousse Macbeth à sortir de sa nature et, de l'autre, touche au seul point faible du caractère de la dure Lady Macbeth. Mais si, du point culminant de la pièce que marquent ces paroles de Macduff, on jette un coup d'œil circulaire, on s'aperçoit que toute l'œuvre est comme tramée avec des relations émanées du rapport de père à enfants.

Le meurtre du bon Duncan équivaut presque à un parricide ; dans le cas de Ban-quo, Macbeth a tué le père tandis que le fils lui échappe ; en ce qui touche Macduff, il tue les enfants parce que le père s'est sauvé. Dans la scène d'évocation, c'est un enfant sanglant et couronné que les sorcières lui font voir ; la tête casquée qui précédait était sans doute celle de Macbeth lui-même. Mais dans le fond surgit la lugubre apparition du vengeur Macduff, lui-même une exception aux lois de la génération, puisqu'il n'est pas né de sa mère, mais a été arraché de son sein !

Il serait donc absolument dans l'esprit de la justice

poétique, édifiée sur la loi du talion, que, pour Macbeth, le fait d'être sans enfants et, pour sa femme, la stérilité, fussent la punition du crime commis par eux contre la sainteté de la génération. Macbeth ne pourrait devenir père parce qu'il aurait pris aux enfants leur père et au père ses enfants, et Lady Macbeth se verrait privée de son sexe ainsi qu'elle en avait adjuré les esprits du meurtre. Je crois qu'on comprendrait sans chercher plus loin et la maladie de Lady Macbeth et la transformation de son audace criminelle en remords, si l'on y voyait une réaction à sa stérilité, stérilité qui la convainc de son impuissance en face des décrets de la nature et qui lui fait en même temps sentir que c'est par sa propre faute que la meilleure part du bénéfice de son crime lui fait défaut.

Dans la Chronique de Holinshed (1577), dans laquelle Shakespeare a puisé le sujet de Macbeth, Lady Macbeth n'est citée qu'une seule fois comme étant une ambitieuse qui excite son mari au meurtre pour devenir elle-même reine. Il n'est question ni de ce qui a pu lui arriver ensuite, ni d'un développement de son caractère. Par contre, ici, la transformation du caractère de Macbeth qui fait de celui-ci un monstre sanguinaire semble devoir être motivée ainsi que nous venons d'essayer de le faire. Car, dans la Chronique de Holinshed, entre le meurtre de Duncan, par lequel Macbeth devient roi, et ses autres forfaits, s'écoulent dix années pendant lesquelles il règne en sévère, mais juste roi. Ce n'est qu'après cet espace de temps qu'un changement se produit en lui, sous l'influence de la crainte torturante que la prophétie faite à Banquo vienne à se réaliser aussi bien que la sienne propre. Alors seulement il fait tuer Banquo et, de même que dans Shakespeare, est entraîné de crime en crime.

Dans la Chronique de Holinshed, il n'est pas
expressément dit non plus que ce soit son absence
d'héritier qui pousse Macbeth dans cette voie, mais
cette motivation si naturelle cadre parfaitement avec
tout le contexte.

Tout autre est la situation dans Shakespeare. Les
événements de la tragédie se succèdent avec une hâte
fébrile, de sorte que, d'après les indications fournies
par les personnages de la pièce, on peut évaluer à peu
près à une semaine l'espace du temps dans lequel ils
se déroulent [J. Darmstetter, Macbeth, édition
classique, p. LXXV, Paris, 1887.]. Cette hâte enlève
toute base à nos hypothèses relatives aux motifs ayant
amené le revirement dans le caractère de Macbeth et
dans celui de sa femme. Le temps manque; une
déception continue des espoirs de fécondité n'a pas le
temps de se produire, brisant le ressort de la femme
et poussant l'homme à une attitude de défi furieux.
Ainsi la contradiction subsiste :

   tant de subtils enchaînements dans la pièce elle-
même et entre celle-ci et l'occasion à laquelle elle fut
composée tendent à converger vers le thème de la
privation d'une descendance, cependant que la
répartition du temps dans la tragédie s'oppose
expressément à ce que l'évolution des caractères y
soit amenée par des mobiles autres que des mobiles
intérieurs.

Mais quels peuvent être ces mobiles qui, en si peu de
temps, font d'un craintif ambitieux un forcené sans
frein et de la dure instigatrice du crime une malade
écrasée de remords, voilà ce qu'à mon avis on ne
saurait deviner. Je pense qu'il nous faut renoncer à
percer la triple obscurité où se superposent et se

condensent la mauvaise conservation du texte, l'intention, à nous inconnue, du poète et le sens caché de la légende. Je ne saurais non plus laisser objecter que des recherches de ce genre soient inutiles au regard de la grandiose impression que la tragédie produit sur le spectateur. Le poète peut bien par son art nous subjuguer pendant la représentation et paralyser notre réflexion, mais il ne saurait nous empêcher de nous efforcer, après coup, de comprendre cette impression en en saisissant le mécanisme psychologique. Il me semble également hors de propos de dire que l'auteur est libre de raccourcir à sa guise le temps nécessaire aux événements qu'il représente, s'il compte obtenir par le sacrifice de l'habituelle vraisemblance une exaltation de l'effet dramatique. Car un sacrifice de ce genre n'est justifié que là où il vient à troubler la seule vraisemblance [Comme lors de la cour faite par Richard III à Anne, devant le cercueil du roi qu'il vient d'assassiner. (Acte I, scène XI.)], il ne l'est plus lorsqu'il supprime l'enchaînement causal, et l'effet dramatique n'eût sans doute subi aucun préjudice si le laps de temps où s'écoule l'action avait été laissé dans le vague, au lieu d'être réduit à peu de jours par des déclarations formelles.

Il est difficile de renoncer à résoudre un problème tel que celui de Macbeth, aussi me risquerai-je à indiquer peut-être encore à nos investigations une nouvelle voie.

Ludwig Jekels, dans une récente étude sur Shakespeare, croit avoir deviné toute une partie de la technique du poète, et ce qu'il en dit pourrait s'appliquer également à Macbeth. Il pense que Shakespeare partage souvent un seul caractère entre deux personnages, dont chacun paraît imparfaitement compréhensible tant qu'en le rapprochant de l'autre on n'a pas rétabli l'unité originelle. Peut-être en est-il ainsi de Macbeth et de Lady Macbeth, et alors serait-ce infécond d'envisager celle-ci en tant que personnage isolé et de rechercher les mobiles de sa transformation sans tenir compte de Macbeth, lequel la complète. Je ne suivrai pas cette piste bien loin, niais je voudrais encore apporter à l'appui de cette thèse une preuve frappante : les germes d'angoisse qui éclosent en Macbeth dans la nuit du crime n'arrivent pas à se développer en lui, mais en Lady Macbeth [Comparez Darmstetter, loc. cit.]. C'est lui qui, avant l'action, a eu l'hallucination du poignard, mais c'est elle qui, plus tard, devient la proie de la maladie mentale; il a, aussitôt après le meurtre, entendu crier dans la maison : « Ne dors plus! Macbeth a tué le sommeil » donc, Macbeth ne doit plus dormir, mais on ne nous dit pas que le roi Macbeth ne puisse plus dormir, tandis que nous voyons la reine se lever dans son sommeil et errer en somnambule trahissant sa culpabilité ; il regardait, dans sa détresse, ses mains ensanglantées en gémissant que tout l'Océan du grand Neptune ne suffirait pas à laver ce sang de sa main, elle le rassurait alors en disant qu'un peu d'eau allait les laver de cette action, cependant c'est elle qui se lave les mains un quart d'heure durant sans parvenir à en enlever les taches de sang : « Tous les parfums d'Arabie ne rendraient pas suave cette petite main. » (Acte V, scène I.)

Ainsi s'accomplit en elle ce que lui, dans l'angoisse de sa conscience, avait redouté ; elle incarne le remords après le crime, lui, le défi ; ils épuisent à eux deux toutes les possibilités de réaction au crime comme le feraient deux parties détachées d'une unique individualité psychique, copies, peut-être, d'une unique prototype.

Si nous n'avons pu, en ce qui touche Lady Macbeth, comprendre pourquoi elle s'effondre dans la maladie à la suite de son succès, nous aurons peut-être plus de chances de succès en étudiant l'œuvre d'un autre grand dramaturge, qui se plaît à suivre, avec une rigueur absolue, la détermination psychologique de ses personnages.

Rebecca Gamvik, fille d'une sage-femme, a été élevée par son père adoptif, le docteur West, en libre penseuse et en contemptrice des entraves qu'une moralité fondée sur la foi religieuse voudrait imposer aux aspirations vitales. Après la mort du docteur, elle réussit à se faire admettre à Rosmersholm, l'antique résidence d'une vieille race dont les membres ignorent le rire et ont sacrifié toute joie au rigide accomplissement du devoir. A Rosmersholm demeurent le pasteur Jean Rosmer et sa femme, Félicie (Beate), maladive et sans enfants. Saisie d'un désir sauvage de se faire aimer de cet homme noble, Rebecca décide d'évincer la femme qui lui barre la route et se sert à cet effet de sa volonté libre et hardie, laquelle ne se laisse arrêter par aucun scrupuleElle s'arrange pour que tombe sous la main de Félicie un livre médical dans lequel la procréation est représentée comme le seul but du mariage, de telle sorte que la pauvre femme en vient à douter de ce que son propre mariage soit justifié ; elle lui laisse soupçonner que Rosmer, dont elle partage les lectures et les pensées, est en train de se détacher de l'ancienne croyance et est prêt à se rallier au parti avancé ; puis, après avoir ainsi ébranlé la confiance de la femme dans les principes moraux de son mari, elle lui donne enfin à entendre qu'elle-même, Rebecca, va bientôt être obligée de quitter la maison afin de dissimuler les suites d'un commerce illicite avec Rosmer.

Le plan criminel réussit. La pauvre femme, qui passait déjà pour mélancolique et irresponsable, se jette à l'eau de la passerelle du moulin, dans le sentiment de sa propre infériorité et afin de ne pas barrer à l'homme aimé le chemin du bonheur.

Depuis des années, Rebecca et Rosmer vivent seuls à Rosmersholm, dans une intimité que celui-ci veut considérer comme une amitié purement intellectuelle et idéale. Mais quand, du dehors, la médisance vient à jeter ses premières ombres sur ces relations et qu'en même temps de pénibles doutes commencent à s'éveiller chez Rosmer sur les mobiles ayant poussé sa femme à se donner la mort, il demande à Rebecca de devenir sa seconde femme pour pouvoir opposer à ce triste passé une réalité nouvelle et vivante (Acte II). Elle répond à cette proposition par une explosion de joie, mais l'instant d'après, elle déclare que ce serait impossible et que, d'après, s'il insistait, elle prendrait « le même chemin que Félicie ». Rosmer, déconcerté, ne comprend pas ce refus, lequel nous semble encore plus incompréhensible, à nous qui en savons davantage sur les agissements et desseins de Rebecca. Tout ce que nous pouvons faire, c'est de ne pas douter que son « non » soit sérieux.

Comment se peut-il que l'aventurière à la volonté libre et hardie, la femme qui, sans scrupules, a marché vers la réalisation de ses désirs, maintenant que lui est offert le fruit de son succès, ne veuille pas s'en saisir ?

Elle nous en donne elle-même l'explication au quatrième acte : « Ce qu'il y a d'horrible, c'est que le bonheur est là, la vie m'offre toutes ses joies et moi, telle que je suis maintenant, je me sens arrêtée par mon propre passé [Toutes ces citations de Rosmersholm sont empruntées à la traduction Prozor.]. »

Elle est donc entre-temps devenue autre, sa conscience s'est éveillée, elle a acquis un sentiment de culpabilité qui lui interdit de jouir de son succès.

Et par quoi sa conscience a-t-elle été éveillée ? Écoutons-la et voyons ensuite s'il nous est possible de lui accorder notre foi : « C'est l'esprit des Rosmer, le tien en tout cas, qui a été contagieux pour ma volonté... Et qui l'a rendue malade. Et qui l'a pliée sous des lois qui lui étaient étrangères. Comprends-tu ? La vie à tes côtés a ennobli mon être. »

Cette influence, il faut le penser, n'a commencé à se faire sentir que lorsqu'il lui fut donné de vivre seule avec Rosmer : « Dans le calme, dans la solitude, confidente absolue de toutes tes pensées, de toutes tes impressions telles que tu les ressentais, délicates et fines, alors s'est accomplie la grande transformation. »

Peu auparavant, elle avait déploré l'autre face de ce changement : « Parce que Rosmersholm m'a énervée. Il a mutilé ma force et ma volonté. Il m'a abîmée ! Le temps est passe où j'aurais pu oser n'importe quoi. J'ai perdu la faculté d'agir, entends-tu, Rosmer ! »

Telle est l'explication donnée par Rebecca elle-même après que, dans sa confession spontanée à Rosmer et au recteur Kroll, frère de la femme qu'elle a tuée, elle s'est avouée criminelle. Ibsen a, par de petits traits d'une magistrale finesse, fait comprendre que Rebecca ne ment pas, mais qu'elle n'est jamais non plus absolument sincère. Bien que libérée de tous les préjugés, elle s'était donné une année de moins que son âge ; de même, sa confession aux deux hommes est imparfaite, et c'est pressée par Kroll qu'elle la complète sur quelques points importants.

Nous-mêmes, nous avons le droit d'admettre que l'explication qu'elle donne de son renoncement ne livre un secret que pour en taire un autre.

Nous n'avons certes aucune raison de ne pas la croire quand elle dit que l'air de Rosmersholm et que dis relations avec Rosmer le noble ont agi sur elle d'une manière ennoblissante et -paralysante. Elle dit là ce qu'elle sait et ce qu'elle a ressenti. Mais ce n'est pas là tout ce qui s'est passé en elle et il n'est pas non plus nécessaire qu'elle ait pu se rendre compte de tout. L'influence de Rosmer pourrait n'être encore qu'un paravent derrière lequel se cacherait quelque autre influence et un trait frappant nous indique dans quelle autre direction chercher.

Une fois encore, après sa confession, dans le dernier entretien qui clôt la pièce, Rosmer lui demande d'être sa femme. Il lui pardonne ce qu'elle a commis par amour pour lui. Et elle ne répond pas alors, comme elle le devrait, qu'aucun pardon ne pourrait la délivrer de la honte qu'elle s'est acquise en trompant de façon si perfide la pauvre Félicie ; non, elle se charge d'un autre reproche qui nous étonne singulièrement chez une libre penseuse et qui, en aucune façon, ne mérite la place que lui accorde Rebecca: « Oh, mon ami ne m'en reparle plus ! C'est impossible ! C'est que... il faut que tu le saches, Rosmer, j'ai un passé derrière moi.» Elle veut évidemment donner à entendre qu'elle a déjà eu des relations sexuelles avec un autre homme, et nous nous en souviendrons : ces relations qui eurent lieu en un temps où elle était libre et n'était responsable envers personne lui semblent un plus grand obstacle à son union avec Rosmer que sa conduite vraiment criminelle envers la femme de celui-ci.

Rosmer refuse de prendre connaissance de ce passé.

Nous, nous pouvons deviner quel il fut, quoique tout ce qui y a trait dans la pièce reste comme souterrain et ne puisse être inféré que grâce à des allusions. Par des allusions si habilement introduites, il est vrai, qu'un malentendu n'est pas possible.

Entre le premier refus de Rebecca et sa confession a eu lieu une chose d'une importance décisive pour sa destinée ultérieure. Le recteur Kroll est venu la voir pour l'humilier en lui faisant confidence de ce qu'il sait qu'elle est une enfant illégitime, la fille, justement, de ce docteur West, lequel l'a adoptée à la mort de sa mère. La haine a aiguisé son flair, mais il ne croit pas lui avoir appris quelque chose de nouveau par là : « Je croyais vraiment que vous étiez au fait. Il serait étrange, sans cela, que vous vous fussiez laissé adopter par le docteur West. » - « Aussitôt après la mort de votre mère, il vous accueille, il vous traite durement et, malgré cela, vous restez auprès de lui. Vous savez qu'il ne vous laissera pas un sou. Pour tout héritage, vous avez eu, je crois, une caisse remplie de livres, et cependant vous restez chez lui, vous supportez tout et vous le soignez jusqu'à la fin. » - «

Tout ce que vous avez fait pour lui, je l'attribue à un instinct filial inconscient : j'estime au surplus que, pour expliquer toute votre conduite, il faut remonter jusqu'à votre origine. »

Mais Kroll est dans l'erreur. Rebecca ne savait pas qu'elle dût être la fille du docteur West. Lorsque Kroll avait débuté par de vagues allusions à son passé, elle avait certainement pensé qu'il visait autre chose. Elle peut encore garder un moment son sang-froid, après avoir compris où il veut en venir, car elle est en droit de croire que son ennemi a pris pour point de départ de ses calculs son âge, faussement ; indiqué par elle au cours d'une précédente visite de celui-ci.

Mais Kroll réfute victorieusement cette objection : « C'est bien possible. Mais le calcul pourrait bien se trouver juste tout de même : c'est que le docteur West a fait une courte visite dans ces parages, l'année qui a précédé sa nomination. » Alors elle perd tout contrôle : « Ce n'est pas vrai ! » Elle marche avec agitation en se tordant les mains : « C'est impossible. Vous voulez m'en imposer. Ce n'est pas vrai ! C'est faux, cela ne se peut pas ! Jamais, jamais ! » Son émotion est si violente que Kroll ne peut plus la ramener au sujet dont il était venu l'entretenir.

KROLL. - Voyons, ma chère amie, pourquoi le prendre ainsi, grand Dieu ! Vous m'effrayez, vraiment! Que dois-je faire, que dois-je penser ?

REBECCA. - Rien. Vous n'avez rien à croire, rien à penser.

KROLL. - Expliquez-moi alors comment il se fait que vous preniez cette chose, cette possibilité tellement à cœur.

REBECCA (reprenant contenance). - C'est assez clair, me semble-t-il, monsieur le recteur. Je n'ai pourtant pas envie de passer ici pour une enfant illégitime.

L'énigme de la conduite de Rebecca ne comporte qu'une seule solution. Lui faire savoir que le docteur West ait été son père, c'est lui porter le coup le plus rude pouvant l'atteindre, car elle n'avait pas été que la fille adoptive, mais encore la maîtresse de cet homme. Lorsque Kroll commença à parler, elle pensa qu'il voulait faire allusion à ces relations que, probablement, elle aurait reconnues, s'autorisant de sa liberté de pensée. Mais le recteur était loin d'y songer, car il ignorait tout de cette liaison avec le docteur West, comme elle, tout de la paternité de celui-ci.

Elle ne peut avoir rien d'autre dans l'esprit que cette liaison quand elle prend pour prétexte de son dernier refus à Rosmer qu'elle aurait un passé la rendant indigne de devenir sa femme. Si Rosmer avait accueilli sa confidence, sans doute ne lui aurait-elle également avoué que l'une des moitiés de son secret et en aurait-elle tu la part la plus lourde.

Mais nous comprenons, certes, maintenant, que ce passé lui paraisse le plus grand obstacle au mariage, le plus grand - crime.

C'est après avoir appris qu'elle a été la maîtresse de son propre père qu'elle devient la proie de son sentiment de culpabilité qui éclate alors, tout-puissant. Elle fait à Rosmer et à Kroll la confession où elle s'avoue meurtrière, elle renonce définitivement au bonheur vers lequel elle s'était frayé la voie par son crime même, et elle se prépare au départ. Mais le véritable motif de ce sentiment de culpabilité qui la fait échouer devant le succès demeure secret. Nous avons pu le voir : il y a là autre chose encore que l'atmosphère de Rosmersholm et l'influence moralisante de Rosmer.

Le lecteur qui nous aura suivis jusqu'ici ne manquera pas d'élever à cet endroit une objection qui justifiera plus d'un doute sur la validité de notre hypothèse. Le premier refus que Rebecca oppose à Rosmer a lieu avant la deuxième visite de Kroll, avant que celui-ci lui ait révélé sa naissance illégitime, au moment où elle ignore encore son inceste, si nous avons bien compris le dramaturge. Et pourtant ce refus est énergique et sincère. Le sentiment de culpabilité qui la force à renoncer au profit de ses actes se fait donc sentir avant même qu'elle ait pris connaissance de son crime principal ; or, si nous en convenons, peut-être nous faudra-t-il, après tout, renoncer à l'inceste en tant que source du sentiment de culpabilité.

Jusqu'ici, nous avons traité Rebecca West en personne vivante et non en création de l'imagination d'Ibsen, dramaturge dont l'imagination restait d'ailleurs soumise à la plus critique des intelligences. Tâchons de nous en tenir au même point de vue pour discuter cette objection. L'objection est juste, une partie de sa conscience s'est éveillée déjà chez Rebecca avant même qu'elle eût connaissance de l'inceste. Rien n'empêche de rendre responsable de ce changement l'influence que Rebecca elle-même reconnaît et accuse. Mais cela ne nous dispense pas d'y reconnaître un deuxième motif. Le comportement de Rebecca lors du récit du recteur, la réaction qui le suit immédiatement, la confession de Rebecca ne permettent pas d'en douter : ce n'est qu'alors que le plus fort et le plus décisif motif du renoncement entre en vigueur. C'est précisément là un cas de motivation multiple où, derrière un motif superficiel, en apparaît un autre, plus profond. Les nécessités de la composition dramatique forcèrent Ibsen à traiter ce cas de la manière dont il le fit, car le motif le plus profond ne pouvait être traité ouvertement, il fallait qu'il demeurât caché, soustrait à la perception directe du spectateur au théâtre, ou du lecteur ; sans cela, se seraient produites chez ceux-ci de violentes résistances, fondées sur les plus pénibles sentiments, résistances qui eussent compromis l'effet même du drame.

Mais nous sommes en droit d'exiger que le motif ainsi mis en avant ne soit pas sans lien intime avec celui auquel il sert d'écran, qu'il en soit plutôt une atténuation ou une dérivation. Et si nous pouvons faire confiance à l'auteur sur ce point que sa construction poétique consciente dérive logiquement de données inconscientes, nous pourrons essayer de démontrer qu'il a rempli encore l'autre condition ci-dessus.

Le sentiment de culpabilité de Rebecca tire sa source du reproche relatif à l'inceste avant même que le recteur, avec une netteté analytique, le lui ait rendu conscient. Si nous reconstruisons, en le complétant et avec quelque détail, le passé de Rebecca tel qu'il est indiqué par l'auteur, nous dirons qu'elle ne peut pas avoir été sans se douter des relations intimes ayant existé entre sa mère et le docteur West. Lorsqu'elle vint à succéder, auprès de cet homme, à sa mère, cela dut lui faire une grande impression, et elle se trouva sous la domination du complexe d'Oedipe, même si elle ne savait pas que, pour elle, ce fantasme très général était devenu une réalité. En arrivant à Rosmersholm, la puissance interne de cet événement primitif poussa Rebecca à recréer par une action énergique une situation pareille à celle qui s'était établie la première fois en dehors de sa participation, à écarter la femme et mère pour prendre sa place auprès de l'homme et père. Elle décrit avec une éloquence persuasive comment elle fut contrainte, malgré son vouloir, à faire un pas après l'autre vers ce but : écarter Félicie.

« Mais vous croyez donc que j'agissais avec une préméditation froide et raisonnée ! Ah ! je n'étais pas alors telle que vous me croyez en ce moment où je vous raconte tout. Et puis, n'y a-t-il donc pas dans tout être deux sortes de volontés ? Je voulais écarter Félicie, l'écarter d'une façon ou d'une autre ! Et pourtant je ne pouvais croire que les choses en viendraient là. A chaque pas que je tentais, que je hasardais en avant, j'entendais comme une voix intérieure qui me criait : Tu n'iras pas plus loin ! Pas un pas de plus ! Et néanmoins, je ne pouvais pas m'arrêter. Je devais continuer encore, quelques pas seulement.

Rien qu'un pas, un seul. Et puis encore un et encore un. Et tout a été consommé ! C'est ainsi que ces choses-là se passent. »

Elle ne cherche pas à embellir les faits, elle ne fait qu'en rendre sincèrement compte. Tout ce qui lui est arrivé à Rosmersholm, son amour pour Rosmer et son hostilité contre sa femme, étaient déjà un effet du complexe d'Oedipe, une reproduction forcée de ses rapports à sa mère et au docteur West.

Et c'est pourquoi le sentiment de culpabilité qui lui fait repousser dès l'abord la demande de Rosmer n'est pas, au fond, différent de celui, plus fort, qui la contraint à l'aveu après les révélations de Kroll. De même que sous l'influence du docteur West elle était devenue une libre penseuse et une contemptrice de la morale religieuse, de même, son amour nouveau pour Rosmer la transforme en un être de conscience et de noblesse. C'est là ce qu'elle-même comprend des processus qui se déroulent en elle et c'est ainsi qu'elle peut avec justesse considérer l'influence de Rosmer comme étant le facteur, à elle accessible, de sa transformation.

Tout médecin s'occupant de psychanalyse sait combien il est fréquent, et même de règle, de voir la jeune fille qui entre dans une maison comme servante, dame de compagnie ou institutrice, s'abandonner consciemment ou inconsciemment à un rêve diurne dont le fond est emprunté au complexe d'Œdipe, rêve où elle s'imagine la maîtresse de maison disparue d'une manière quelconque et le maître de maison l'épousant à sa place. Rosmersholm est le chef-d'œuvre du genre où ce fantasme habituel des jeunes filles est traité. Rosmersholm devient une grande oeuvre tragique du fait qu'en outre, dans l'histoire de l'héroïne, le rêve diurne apparaît précédé d'une réalité exactement correspondante [O. Rank dans son travail si nourri sur « Le Thème de l'Inceste dans la Poésie et la Légende » (Das Inzestmotiv in Dichtung und Sage, 1912) a, par les mêmes voies que moi ici, déjà apporté la preuve du thème de l'inceste dans Rosmersholm.].

Après ce long séjour au monde de la fiction, revenons-en à l'expérience médicale, Mais que ce soit seulement pour constater combien l'un et l'autre sont pleinement d'accord. Les recherches psychanalytiques font voir que les forces de la conscience morale, qui font qu'on tombe malade devant le succès au lieu de tomber malade, comme d'ordinaire, de par la privation, sont intimement liées au complexe d'Oedipe, aux rapports au père et à la mère. C'est peut-être d'ailleurs aussi le cas de notre sentiment de culpabilité en général.

III - Les criminels par sentiment de culpabilité

Des personnes fort honorables, en me racontant leur jeunesse, en particulier les années de leur prépuberté, m'ont souvent rapporté qu'elles s'étaient alors rendues coupables d'actions illicites, tels que vols, tromperies, voire actes incendiaires. J'avais coutume de ne pas m'embarrasser de ces données, me disant que la faiblesse des inhibitions morales à ce moment de la vie était bien connue, et je n'essayais pas de les faire rentrer dans quelque ensemble plus important. Mais je fus finalement amené, en présence de cas plus francs et plus démonstratifs, en face de délits semblables commis par des malades pendant qu'ils étaient en traitement chez moi (il s'agissait d'individus ayant dépassé la prépuberté), à une étude plus approfondie de ces cas. La recherche analytique permit alors de faire cette surprenante constatation que ces actes avaient été commis avant tout parce qu'ils étaient défendus et parce que leur accomplissement s'accompagnait pour leur auteur d'un soulagement psychique. Leur auteur souffrait d'un oppressant sentiment de culpabilité de provenance inconnue et, une fois la faute commise, l'oppression en était amoindrie. Tout au moins le sentiment de culpabilité se trouvait-il rapporté à quelque chose de défini.

Si paradoxal que cela puisse paraître, il me faut dire que le sentiment de culpabilité préexistait à la faute : ce n'est pas de celle-ci qu'il procédait, mais au contraire la faute procédait du sentiment de culpabilité.

On pouvait à bon droit taxer ces personnes de criminelles par sentiment de culpabilité. La préexistence de ce sentiment avait naturellement pu être démontrée par toute une série d'autres manifestations et effets.

Mais la constatation d'une chose curieuse ou étrange ne saurait constituer un objectif suffisant de recherche scientifique. Deux questions restent à résoudre : d'une part, d'où provient l'obscur sentiment de culpabilité préexistant à l'acte ? d'autre part, est-il probable qu'une causation de ce genre entre pour une notable part dans les crimes des humains ?

Une réponse à la première question projetterait peut-être quelque lumière sur la source du sentiment de culpabilité des hommes en général. Or, la recherche psychanalytique nous fournit régulièrement la même réponse : cet obscur sentiment de culpabilité provient du complexe d'Oedipe, il est une réaction aux deux grandes intentions criminelles, celles de tuer le père et d'avoir avec la mère des relations sexuelles. Par rapport à ces deux crimes, ceux en, suite commis afin que se fixe sur eux le sentiment de culpabilité constituent un soulagement pour le malheureux. Il faut se rappeler ici que le parricide et l'inceste maternel sont les deux grands crimes des hommes, les seuls qui, dans les sociétés primitives, soient poursuivis et exécrés. Et nous rappeler encore que d'autres de nos recherches nous l'ont fait admettre ; l'humanité a acquis sa conscience morale, qui semble aujourd'hui être une force psychique atavique, en fonction du complexe d'Oedipe.

La réponse à la seconde question déborde la recherche psychanalytique proprement dite. On peut, sans aller bien loin, l'observer : nos enfants se font souvent « méchants » afin qu'on les punisse et, après la punition, ils sont calmes et satisfaits.

Une investigation analytique ultérieure nous met fréquemment sur la trace du sentiment de culpabilité qui les a poussés à rechercher la punition. Parmi les criminels adultes, il faut, certes, écarter tous ceux qui commettent des crimes sans éprouver de sentiment de culpabilité, ceux qui, ou bien ne possèdent aucune inhibition morale, ou bien qui se croient autorisés à agir comme ils le font dans leur lutte contre la société. Mais chez la plupart des malfaiteurs, chez ceux pour lesquels, en somme, sont faites les lois pénales, il se pourrait qu'une semblable motivation du crime puisse entrer en ligne de compte, éclairer bien des points obscurs de la psychologie du criminel et donner aux peines une base psychologique toute nouvelle.

Un ami m'a fait observer que le « criminel par sentiment de culpabilité » n'était pas non plus inconnu à Nietzsche. La préexistence du sentiment de culpabilité et l'emploi de l'acte pour rationaliser ce sentiment transparaissent dans les paroles de Zarathoustra : « Du pâle criminel ». De futures recherches montreront combien de criminels en général il convient de ranger parmi ces « pâles criminels ».

FIN DE L'ARTICLE.

FIN